Schreibgruppe 2003
Dr. Walter und Emma Peel
Schulgeschichten

AF140426

Schreibgruppe 2003
Dr. Walter und Emma Peel
Schulgeschichten

Impressum

© 2015 Schreibgruppe 2003
© für die einzelnen Texte bei den
jeweiligen AutorInnen
Alle Rechte vorbehalten

Lektorat: Barbara Seifert
Korrektorat: Christiane Hartmann

www.schreibwerkstatt-marburg.de

Herstellung und Verlag:
BoD – Books on Demand,
Norderstedt
ISBN 9-783738629750

Das Leiden ist, von der einen Seite betrachtet,
ein Unglück und, von der andern betrachtet,
eine Schule.
Samuel Smiles (1812-1904),
schottischer Schriftsteller

Margit Peip

Am Anfang war Erziehung

Mein Mann hat vor einen halben Jahr in Frankfurt am Main die Leitung eines Wohnheims für Obdachlose übernommen. Er ist völlig begeistert von seiner neuen Arbeit und erzählt mir immer sehr viel davon, vor allem über Wolfgang, den Hausmeister und die Seele dieser Einrichtung. Dieser hat meinem Mann erzählt, dass er keine gute Kindheit und als Jugendlicher auf der Straße gelebt hatte. Mit Mitte zwanzig hat Wolfgang dann Menschen gefunden, die ihm halfen, wieder Boden unter den Füßen zu bekommen. Er hat seinen Schulabschluss nachgemacht und eine Ausbildung als Schreiner abgeschlossen. Bei einem der Gespräche haben mein Mann und Wolfgang dann festgestellt, dass wir im gleichen Ort in Bayern aufgewachsen sind. Als mir mein Mann davon berichtete, hatte ich keine Ahnung, von wem er sprach. Ich war aber neugierig geworden.

Am Tag der offenen Tür ist mir Wolfgang dann wieder begegnet und mit ihm die Geschichte, die wir geteilt haben. Zuerst erkannte ich ihn nicht. Ich sah nur einen Mann, vielleicht Mitte fünfzig, mit einem vom Leben gezeichneten Gesicht, der mich mit einem „Hallo Ingrid" begrüßte. Als ich in seine strahlenden Augen sah und er „Grundschule, Fräulein Maus, die Bank neben dir" sagte, erkannte ich ihn. In mir stiegen viele Bilder auf.

Ich konnte kaum glauben, dass dieser warmherzige Mann mein finsterer Nachbar aus der ersten Klasse sein sollte. Das erste Bild, welches hochkam, war unser Klassenfoto. Wir, die ABC-Schützen, saßen oder standen brav, sauber angezogen und fast ehrfürchtig in die Kamera blickend da. Wolfgang war größer und älter als wir. Er stand am oberen rechten Rand, wirkte lässig und blickte finster. Er hatte eine graue Strickjacke an, seine Haare waren ungekämmt und er hatte keine Schultüte. Für uns war er ein Sitzenbleiber, ein ganz Dummer, der nicht mal die 1. Klasse geschafft hatte. Und wir hatten Angst vor ihm, weil er ein Raufbold war.

Als nächstes Bild erschien, wie wir jeden Morgen vor Unterrichtsbeginn zunächst neben unseren Plätzen stehen bleiben mussten. Fräulein Maus ging durch unsere Klasse. Wir mussten ihr, während sie die

Reihen entlang schritt, unsere Hände zeigen und ein sauberes Taschentuch vorweisen. Beides inspizierte sie sehr genau. Und wehe, jemand von uns hatte schmutzige Hände, gar Trauerränder unter den Fingernägeln oder ein schlampiges Taschentuch, der bekam es mit dem Bambusstäbchen zu tun. Fräulein Maus war da nicht zimperlich, ein kurzer Schlag genügte. Wenn sie ihren Rundgang beendet hatte, durften wir uns alle setzen. Es wurde gebetet und dann begann der Unterricht.

Wenn man geschlagen wurde, durfte man sich nicht anmerken lassen, dass der Schlag wehtat. Diejenigen, die dies nicht schafften und weinten, wurden in der Pause sehr oft von den Raufbolden der Klasse bös geärgert. Wolfgang wurde oft von ihr geschlagen. Das Weinen hatte er sich wohl irgendwann abgewöhnt. Im Pausenhof war er anfänglich der Anführer der Raufbolde.

Mein nächstes Bild: Wolfgang mit gebeugtem Kopf in der Bank neben mir. Die linke Hand unter seinem linken Oberschenkel festgeklemmt, vor ihm auf dem Tisch ein Heft liegend und einen Stift in seiner rechten Hand. Fräulein Maus steht drohend mit dem Bambusstäbchen vor ihm und sagt leise und sehr scharf „Du schreibst jetzt mit der schönen Hand, wie alle anderen Kinder auch." Der ganze Kerl zitterte. Wer dies außer mir wahrnahm, weiß ich nicht mehr. Im Klassenzimmer war es mucksmäuschenstill. Die Meute der Raufbolde wartete auf Tränen von Wolfgang. Die Ängstlichen hatten ihre Köpfe gebeugt und hofften nicht aufzufallen. Ich gehörte zu denen, die Angst hatten. Damals hatte ich große Mühe, ordentlich zu schreiben. Ich kann mich noch gut an meine Bemühungen und an die Tadel von Fräulein Maus erinnern. Sie hat mich aber deswegen nie mit dem Bambusstäbchen bedroht.

Meine Mutter und meine ältere Schwester sind beide Linkshänderinnen. Meine Mutter ging in den 30ern in eine Dorfschule und wurde ebenfalls gezwungen, rechts zu schreiben. Sie hat uns oft erzählt, wie sehr sie darunter gelitten hat und welche Mühe ihr das Schreiben heute noch macht. Als eine Lehrerin meine Schwester dazu zwingen wollte, ist meine Mutter zuerst zu der Lehrerin und, weil dies nicht geholfen hat, zum Rektor gegangen. Danach durfte

meine Schwester ihre linke Hand
benutzen. Wolfgang hatte niemanden, der
sich für ihn einsetzte.

Der Rest der mir bekannten Geschichte
von Wolfgang ist schnell erzählt. Er lernte
während unseres gemeinsamen
Schuljahres nicht, mit rechts zu schreiben.
Aus dem anfänglichen Raufbold, vor dem
alle Angst hatten, wurde ein Einzelgänger,
mit dem niemand etwas zu tun haben
wollte. Weil er wieder nicht versetzt
wurde, kam er in die Sonderschule. Ich
habe ihn dann nie mehr wieder gesehen.
In den 80ern während eines
Klassentreffens haben wir in einer kleinen
Runde unser Klassenbild angeschaut und
uns gefragt, was wohl aus denen
geworden ist, die nicht zum Treffen
kamen. Eine Klassenkameradin, die im
gleichen Haus wie Wolfgang gelebt hatte,
hat uns erzählt, dass seine Mutter bei der
Geburt ihres zweiten Sohnes gestorben
ist. Wolfgang war damals zwei oder drei
Jahre alt. Der Vater war laut ihrer Aussage
ein rauer Mann, der seinen Sohn oft
geschlagen hat.

Elke Therre-Staal

Doofkrankheit

In der Hierarchie der Bedeutungsvollen war der Zahnarzt in den fünfziger Jahren mit Abstand der am meisten Bewunderte. Neben dem Hausarzt, dem Pfarrer und dem Apotheker gehörte er zu den Stars. Seine Macht über den leidenden Menschen vor ihm auf dem Behandlungsstuhl verlieh ihm eine faszinierende Aura, ein Gemisch aus Gutmensch und Helfer der Menschheit, gleichzeitig lag ein sadistisches Funkeln in dem Lächeln, mit dem er den Bohrer ansetzte. Das Gefühl von Ohnmacht ertragen zu müssen und spuckesabbernd nur noch krächzen zu können, wenn es wieder mal zu weh tat und angeblich „gleich vorbei" war, ertrugen nur wenige Menschen.

Der Apotheker, Flüchtling aus dem Osten, hatte seinen akademischen Beruf notdürftig zu einem brüchigen Schutzschild zusammengebastelt.

Da er auch noch mit Familie zugereist war, stand er unter schärfster Beobachtung der Einheimischen, die der Meinung waren, unter Hitler ihren Kopf hin- und überhaupt durchgehalten zu haben. Sie hatten ihren Besitz nicht im Stich gelassen, waren nicht würdelos ums nackte Leben gelaufen und vor allem: Sie waren keine Vaterlandsverräter! Genau dieses Schicksal aber erlitten zu haben, erfüllte den Apotheker mit Wut und Erbitterung. Zudem war er voller Neid. Besonders auf den Zahnarzt, der auf Generationen von Zahnärzten, Badern und Quacksalbern in dem Ort und in der Gegend zurückblicken konnte. Da schwamm wieder einer wie ein Fettauge auf der Suppe, in der tapfere, leistungswillige und vom Schicksal Benachteiligte um ihr tägliches Überleben strampelten. Selber als gebürtiger Balte ein ebensolches Fettauge in Estland gewesen zu sein, diese Unterstellung hätte der Apotheker weit von sich gewiesen.

Der Zahnarzt in diesem besagten kleinen Ort im südlichen Niedersachsen hatte merkwürdigerweise einen Narren an dem Apotheker gefressen, an seiner extrem

höflichen Art. Für den Apotheker
wiederum waren die Rezepte des
Zahnarztes nicht zu verachten. Die beiden
saßen oft zu einem Plausch mit Likörchen,
einer der vielen selbstgebrauten
Kreationen des Apothekers, im dessen
Hinterzimmer zusammen. Bei einem dieser
Treffen, auf dem Tisch stand erlesenes
Gebäck und in den Tassen duftete frisch
aufgebrühter Kaffee, vertraute der
Zahnarzt dem Apotheker an, dass sein
zweites Töchterchen ein bisschen, na ja,
nicht so ganz, also wie soll man sagen,
das Mädel sei eben doch etwas einfach,
nicht so ein cleveres Kerlchen wie die
Schwester von ihr, seine ältere Tochter,
die wäre ja von klein auf so was von
pfiffig.

„Das können Sie sich nicht vorstellen, was
die schon so drauf hat."

Der Apotheker konnte. Er hatte selber so
ein pfiffiges Kerlchen, sein Töchterchen.
Die musste es bringen und brachte es
auch, denn wer aus dem Osten kommt,
darf erstens nicht stinken, zweitens sich
nicht schmutzig machen und drittens, das
Allerwichtigste, muss immer in allem die
Beste sein.

Alle ausstechen, darum ging es dem Apotheker, dem degenkundigen Corpsstudenten. Er war nie mit dem Herzen bei der Pharmazie gewesen. Hätte Arzt werden sollen, da verdient man am meisten. Wäre kein Fürstenknecht geworden wie der Apotheker, der sich oft nicht besser fühlte als ein Verkäufer von Medikamenten und Hustenbonbons.

Aber dieser Apotheker hatte schon eine Schlappe eingesteckt, die er sich selbst zuschreiben musste. Das verzieh er dem Schicksal nie.

Er brach das Medizinstudium ab, denn er konnte die Klinke zum Seziersaal nicht herunterdrücken. Er hatte Angst vor den Toten. Deshalb wechselte er zur Pharmazie, etwas anderes war ihm nicht eingefallen.

„Wie, was, einfach? Wie meinen Sie das?", fragte er den Zahnarzt.

„Meinen Sie, sie hat irgendwie, wie soll ich sagen,…?"

„Es war wohl nicht genug Sauerstoff unter der Geburt, wissen Sie, sie war ganz blau." Eigentlich, hätte der Zahnarzt gern hinzugefügt, stand es auf der Kippe. Und wer weiß, vielleicht wäre es ja doch besser gewesen, oh, nicht weiterdenken. Schnell

16

fuhr der Zahnarzt fort, was angefangen war, musste zu Ende gebracht werden. Mädchen sind auch Kinder. Und ein behindertes eben auch. „Jedenfalls, was ich sagen wollte, ich habe sie hier in der Schule, und sie ist in der 2. Klasse, wo auch Ihre Tochter ist. Vielleicht kann Ihre Tochter ab und zu ein Auge auf sie haben, wissen Sie, so Kinderfreundschaften sind ja was ganz Besonderes. Wenn ich an meinen Schulfreund denke, mit dem habe ich ja jahrelang Kontakt gehabt. Er ist leider gefallen. In Italien. Die Partisanen, wissen Sie. Man hätte sie alle an die…"

„Jaja", unterbrach der Apotheker, diese Erinnerungen wollte er gar nicht erst aufkommen lassen, war er ja selber da unten gewesen. „Ich verstehe, was Sie meinen. Meine Tochter wird von mir instruiert."

Ein Likörchen folgte. Dieses Ritual, wie der Apotheker, beim Lächeln die Luft durch die Zähne ziehend, einschenkte und sie sich zuprosteten, gehörte dazu, so knüpfte der Apotheker sein Netz, so etwas führte immer zum Erfolg. Dem Zahnarzt fiel gar nicht auf, dass der Apotheker sein Glas nicht austrank.

Am Mittagstisch, die Luft wieder durch die Zähne ziehend, befragte er seine Tochter, wie denn die Kinder in der Klasse seien. „Ich kenne die noch nicht alle, es spricht ja auch keiner mit mir." Das Kind stotterte, irgendetwas war komisch. Die Stimme des Vaters klang weicher als sonst, wenn er sie nach den Noten befragte und wie oft sie sich gemeldet und auch alles gewusst hätte. Dieser unausrottbare Funke Hoffnung, es möge doch einen Moment der Anteilnahme an ihrer Person geben, lähmte dem Kind die Zunge.

„Und die Anneliese? So heißt sie doch, die Tochter vom Zahnarzt." Peng, hatte sie nicht gerade gesagt, dass sie die Namen noch nicht kenne. Das Kind duckte sich. Warum fiel das Kauen so schwer, besser vielleicht erst mal nicht weiter essen. „Iss", sagte die Mutter, „das Essen wird kalt. Und auch den Salat. Sonnenvitamine." Das Kind hatte den Mund voll grüner Blätter, kaute, horchte, schüttelte den Kopf. „Ann…? Knneni." „Du sprichst schon wieder mit vollem Mund", sagte der Vater. „Sprich erst, wenn du fertig gekaut hast." Stille. Lächeln. Spucke wird durch die Zähne gezogen. Kind schluckt.

„Anneliese? Kenne ich nicht." Der Vater lächelte. Wie seltsam. Das Kind schaute die Mutter an, die Mutter schaute den Vater an.

„Das ist die mit der Doofkrankheit." Der Vater deutete auf seinen Teller, die Mutter gab ihm seine zweite Portion. Das Kind checkte alle in der Klasse durch. Das konnte nur die sein mit dem komischen Lachen und dem merkwürdigen Gang, als drückte sie die Knie gegeneinander und spreizte auch oft die Hände ab, obwohl die Arme so eng am Körper waren. Ja, die war dem Kind schon aufgefallen. Denn die hatte sie immer angelacht, und das hatte so gut getan. Aber sie merkte, dass die anderen Kinder sie dann genauso verspotteten wie die Anneliese, jetzt wusste sie ja den Namen. Da war sie weiter gegangen, als Anneliese wieder lachend und glucksend auf sie zu gestolpert war.

„Ab sofort spielst du mit ihr", befahl der Vater.

Am nächsten Morgen erlebte das Kind auf dem Schulweg eine Überraschung. Einige Mädchen aus der Nachbarschaft blieben stehen, als sie sich trafen. Sie redeten nicht mit ihr, es gab so viel anderes, über das sie sich kichernd austauschten, aber das Kind war wenigstens dabei. War plötzlich in dem Kreis aufgenommen, so erschien es ihr, so wollte sie es gern glauben.

War sie einfach nur demütig vor Glück und deshalb unvorsichtig? Plapperte es da aus ihrem Mund, um auch etwas zum Tratschen zu haben, oder war sie einfach nur wild entschlossen, etwas Tolles sagen zu wollen, damit sich alle ihr zuwendeten und sie endlich Aufmerksamkeit bekam? Sie verkündete: „Anneliese hat die Doofkrankheit."

Der Kreis wandte sich ab, keine antwortete. „Mein Vater hat das gesagt!", beharrte das Kind. „Und was mein Vater sagt, das stimmt", hätte sie gern hinzugefügt. Aber da war sie schon auf einer Eisscholle, die aufs offene Meer hinaustrieb.

Die Mädchen steckten die Köpfe zusammen, gingen schnell voraus.

Das Kind stand allein.

Nachdem die Lehrerin die Klasse betreten hatte, alle zum Morgengruß aufgestanden waren und sich wieder gesetzt hatten, meldete sich eine aus dem Kreis, den Finger hingestreckt zu dem Kind des Apothekers:

„Die da hat gesagt, Anneliese hat die Doofkrankheit.“

Diese Lehrerin züchtigte noch, aber diesmal gab es nicht einmal Schläge. Aber eine Rüge, dass man so etwas nicht sagte.

Am Mittagstisch leugnete der Vater, je etwas in der Richtung geäußert zu haben.

„Das hast du dir ausgedacht, pfui, wie kann man nur.“

Es gab keine Schnäpschen mehr. Entschuldigungen: „Meine Tochter, ich hätte nicht gedacht, so ein dummes Balg, wie konnte die nur, die braucht eine harte Hand, wissen Sie, die kapiert nie etwas“, führten zu nichts. Dass der Apotheker so über sein eigenes Kind sprach, machte es noch schlimmer. Denn der Zahnarzt liebte seine Töchter, beide. Jede auf ihre Art. Das war ihm nun bewusster geworden als je zuvor.

Aber in der Schule geschah ein Wunder. Viele hielten Anneliese jetzt an der Hand, begleiteten sie die Treppe herunter. Vorher hatte sie sich mühsam am Geländer nach unten gehangelt.

Die Lehrerin setzte sie nach vorn in die erste Reihe und hatte immer wieder ein gutes Wort für sie. Nicht schlimm war es mehr, wenn Anneliese im Unterricht ab und zu laut schrie. Oder an ihren Aufgaben langsam und mühsam kaute, beim Schreiben die dicke Zunge zwischen den Lippen und viel Spucke aufs Papier tropfend.

Anneliese war ein glückliches Kind.

Im Sommer darauf brach der Apotheker mit seiner Frau und der Tochter die Zelte ab um einer besser bezahlten Anstellung willen in einer größeren Stadt.

Margit Peip

Malstunde

Nun sitze ich hier oben auf dem
Dachboden mit dem Zeichenblatt in der
Hand. Ich könnte mir einreden, dass mir
nur der Staub von dort Tränen in meine
Augen treibt. Aber dabei würde ich mich
anlügen, wie ich es früher so oft getan
habe und heute nicht mehr will. Während
ich dieses von mir gemalte Kinderbild
betrachte, kann ich mich nicht schützen
vor den inneren Bildern, die ungestüm auf
mich einstürzen.
Meine Mutter will in ein paar Wochen ins
Altersheim ziehen und meinem Bruder
unser Elternhaus übergeben. Deshalb hat
sie mich gebeten, all meine Besitztümer
auszuräumen. Und dabei bin ich in meiner
alten Volksschule gelandet, in der 1.
Klasse bei Fräulein Schäfer. Sie war ein
richtiges Fräulein, kam aus einer
kinderreichen Bauernfamilie und hat
gemeinsam mit ihrer Schwester alle ABC-
Schützen in unserer Schule unterrichtet.
Heute frage ich mich, wann sie wohl

studiert hat? Während der Nazizeit oder direkt danach? Für mich war sie damals eine alte Frau und ich frage mich immer wieder mal, warum ihr das Fräulein so wichtig war. Unser Klassenzimmer war ein dunkler Raum im Erdgeschoss. Der Stamm einer großen Buche stand direkt vor unserem Fenster und versperrte im Winter dem wenigen Licht seinen Weg zu uns. Im Herbst sammelten wir die Bucheckern, um Ketten daraus zu basteln. Ich rieche den öligen Wachsgeruch, mit dem der dunkelbraune Holzboden zweimal im Jahr bearbeitet wurde. Ich sehe noch die grünen Flocken und den großen Besen mit den festen Borsten. Ich höre das Gluckern der alten Heizung, fühle den überhitzten Raum und rieche jetzt auch den Schweiß meiner 33 Mitschüler, die gerade mit mir ins Klassenzimmer stürmen. Und das Geplapper unserer Gemeinschaft zieht mich mehr und mehr in das Geschehen dieses denkwürdigen Vormittags. Ich sehe mich in meiner grünen Skihose, der einzigen Hose, die ich damals besaß. In meinem blauen Anorak, der im Jahr zuvor noch meinen Bruder gewärmt hatte. Und ich sehe meine braunen Winterstiefel, die mit dem Reißverschluss vorne und dem

Kunstpelz oben am Rand. Und ich sehe mich, wie ich, noch nicht ausgezogen, Ausschau halte. Und spüre wieder meine Enttäuschung, weil ich mein Bild nicht gleich entdecken kann. Die nächsten Minuten sind detailgenau bei mir abgespeichert. Ich sehe, höre und fühle alles noch einmal. Fräulein Schäfer mahnt uns zur Ruhe, fordert uns auf, unsere Jacken auszuziehen und uns auf unsere Plätze zu begeben. Dann beten wir alle und ich traue mich erst danach, mich umzusehen.

Meine Erinnerung an den Feuereifer beim Malen ist ähnlich präzise. Wir sollten unseren Teddybär malen. Meiner war eigentlich gar nicht meiner, sondern der meiner großen Schwester. Aber irgendwie war er doch meiner. Onkel Helmut hatte ihn ihr nach meiner Geburt auf unserer Kirchweih geschossen. Ihr zum Trost. Sie beachtete ihn schon längst nicht mehr. Als ich fünf wurde, habe ich ihn in ihrem Schrank, in einer Ecke versenkt, entdeckt. Als ich eingeschult wurde, hat sie mit ihrer Lehre begonnen. Sie brauchte also keinen Teddy mehr. Sie hat mir damals trotzdem, unter Androhung von Schlägen, verboten, mit ihm zu spielen, weil er ihre einzige

Erinnerung an Onkel Helmut war. Dieser war im Jahr meiner Geburt nach Amerika ausgewandert und seitdem nicht mehr in Deutschland gewesen. Wenn ich mit dem Bären spielen wollte, musste ich immer ganz besonders aufpassen. Von den Großen durfte es niemand wissen. Mein Bruder, obwohl größer als ich, zählte nicht. Im Falle des Verrats hätte er mit mir Ärger gekriegt. Das wusste er.

Der Teddy war außergewöhnlich schön. Er hatte ein ganz besonderes gelbes Fell und wunderbare braune Augen. Ein Braun so dunkel wie eine Kastanie und so glitzernd wie ein Bernstein. Wenn ich in diese Augen schaute, war ich glücklich. Und wenn ich jetzt daran denke, kehrt dieses kindliche Glück für einen kurzen Augenblick zurück. Das Gelb war eigentlich kein richtiges Gelb, eher ein Senfgelb. Ich erinnere mich deshalb so gut, weil ich mir damals beim Malen so große Mühe gegeben habe, diesen einmaligen Farbton besonders gut zu treffen. Das war mir fast das Wichtigste. Die Auswahl der Buntstiftfarben war nicht so groß damals. Und weil mir die Farbe so wichtig war, gelang mir die Form des Teddys nicht ganz so, wie ich es gerne

gehabt hätte. Ich verlor mich in der Zeit
und schämte mich beim Abgeben sehr,
weil die Beine und Arme meines Bären zu
dünn und nicht sehr gerade geraten
waren. Deshalb dachte ich auch, dass ich
mein Bild sofort erkennen würde.
Und nun sitze ich hier mit diesem Bild in
meiner Hand auf dem Dachboden meines
Elternhauses mit all den schrecklichen
Erinnerungen an damals. Ich als
Sechsjährige in diesem stickigen
Klassenzimmer auf der Suche nach
meinem Bild. Mit dem Gedanken im Kopf:
„Ihr hat mein Bild nicht gefallen, weil mir
die Arme und Beine nicht gelungen sind."
Die Schamröte, der verspannte Nacken
und der Klumpen im Bauch sind jetzt hier
bei mir. Die Sekunden, bis ich mein Bild
entdeckte, zogen sich ins kaum
Aushaltbare. Und dann sah ich einen
sonnengelben Bären mit geraden, dicken
Armen und Beinen, unter dem mein Name
stand. Das war aber nicht mein Bär. Und
dann bemerkte ich, dass alle Bären gleich
aussahen. Alle hatten den gleichen runden
Kopf, die gleichen abstehenden Ohren,
den gleichen ovalen Körper und die
gleichen dicken Arme und Beine. Das

Einzige, was sie unterschied, war die Farbe und der Name darunter.
Nun fließen meine Tränen ungehindert. Und hinter dem sonnengelben Bären mit den geraden, dicken Armen und Beinen schimmert mein senfgelber mit seinen dünnen, krummen Armen und Beinen hervor.

Elke Therre-Staal

Das Herz der Fliege

Vertretung, das konnte nichts Gutes
bedeuten. Unsere Klassenlehrerin sei
krank, hieß es. Unwägbarkeiten kamen
auf mich zu, war ich ja immer noch die
Neue. Und meine Aufregung steigerte sich
beim Gedanken, dass eine Vertretung das
Neusein noch schmerzhafter machen
würde. Die oder der war dann ja auch
„neu" – und da fühlte ich mit – und das
bedeutete Stress.

Wer in dieser Klasse, in dieser Schule, in
diesem Dorf lebte, kannte jeden – und
war von gleichem Blut und Auswurf. Wie
sollte da mir, der Neuen in der vierten
Klasse, ein Platz zugestanden werden?
Alle Plätze waren doch schon vergeben,
alle Zimmer, alle Wohnungen, alle Gärten,
alle Kirchenbänke, alles, was es an Zu-
und Gehörigkeiten gab.

Neues, in meinem Fall die Neue, kommt
von irgendwo her und gehört nirgendwo
hin.

Jedenfalls hatte ich Angst und keinen Drang, der Vertretung das Leben schwer zu machen.

Ich wollte nur still abwarten, bis alles wie ein Regenschauer vorüber war und unsere freundliche, junge Klassenlehrerin, Fräulein von Bodenstein, wieder Licht in mein Dasein bringen würde.

Die frechen Gesichter um mich herum waren offensichtlich bereit, den Ersatz für unser adliges Fräulein lächerlich zu machen.

Und so war es sehr laut in der Klasse, als sich die Tür auftat und eine dicke Frau den Schulraum betrat. Was für eine Karikatur unserer Klassenlehrerin, der schönen, schlanken Dietlind von Bodenstein.

Eine Krankheit, ein grausames Leiden hatte sich ihrer bemächtigt und trennte sie von uns. Das „von" passte zu ihrer prinzessinnenhaften Art, mit der sie uns leutselig zu beglücken pflegte. Ich gehörte leider nicht zu den Auserwählten, denen Fräulein von Bodenstein Aufträge vergab, zum Beispiel ihre Schuhe zum Schuster zu bringen. Diese erlesenste Auszeichnung war der pummeligen Erika, Tochter vom reichsten Bauer des Dorfes, zuteil geworden. Wie beneidete ich sie. Meine Knickse, wenn das Fräulein morgens an mir vorbei schritt, hatten bisher keinen Muskel in ihrem lieblichen Gesicht bewegt.

Die dicke Frau stand vor der Klasse und schaute uns an.

Sie sagte lange nichts, betrachtete jeden von uns. Ihre Augen hinter den starken Gläsern funkelten unergründlich und wanderten von einem zum anderen. Ich sah manche, die auf ihren Stühlen unruhig hin- und herrutschten, Verlegenheitsgesten machten, sich umsahen, ob jemand noch bereit war, zu lachen, sich kratzten, plötzlich dringend etwas in der Schultasche suchten.

Als die Augen der Vertretungsfrau auf mir ruhten, schaute ich nur zurück. An einen Knicks war nicht zu denken, eingezwängt wie ich da in der Holzbank saß mit dem Pult vor mir. Aber ein unterwürfiges Lächeln kam mir auch nicht in den Sinn. Ich schaute, sie schaute. Und etwas wurde gut in mir.

Dann hörte ich ihre Stimme. Sie sprach, und ich lauschte, jedes Wort floss in mich hinein. Erst war es nur der Tonfall, wie eine Melodie, die aus diesem runden Körper wohllautend hervorkam, so dass ich erst langsam begriff, wovon sie sprach.

Dann verstand ich. Still sollten wir werden, so still, dass wir den Herzschlag der Fliege an der Tafel hören könnten.

Sie deutete auf einen kleinen schwarzen Fleck. Aber auch die Tafel war schwarz, ich musste mich anstrengen, um das Insekt zu entdecken.

Ich erinnere mich genau an ihre Facettenaugen, ihre zitternden Flügel. Hatte sie sich nicht gerade mit ihren Vorderbeinchen die Nase geputzt? Der Lärm in der Klasse verebbte, einige Lautbrocken flogen noch durch die Luft, Gelächter vergurgelte.

Je stiller es wurde, umso lauter klopfte das Herz der Fliege. Es hallte geradezu von der Tafel. Dort und in mir. Ich lächelte die Frau glücklich an. Solch ein Horchen war meine Sache. Die Frau wusste, worum es wirklich ging: so lange still zu sein und zu horchen, bis das eigene Atmen und das Atmen der Welt eins waren.

Im Sommer darauf gab es ein Schulfest.
Da sah ich die Vertretungsfrau wieder. Sie
stand direkt vor mir, ich hatte mich nach
vorn gedrängelt, um ihr nahe zu sein. Sie
hielt Zettel in der Hand, auf die sie immer
wieder schaute. Mit lebhaften Gesten
organisierte sie, wies Plätze zu,
koordinierte und dirigierte. Ihr Blick glitt
immer wieder über mich hinweg. Es
gelang mir nicht, ihn einzufangen.
Aber seit dieser Vertretungsstunde weiß
ich, dass nach langem Hören und
Lauschen zu sehen ist, was zuvor noch
nicht da war.

Ursula Engel

Die Lehrerin

In der 4. Klasse der Grundschule (1960), in dem Schulfach „Nadelarbeit", bekam sie immer eine gute Note. Großmutter hatte sie von klein auf unter ihre Fittiche genommen, damit das Kind, wie Großmutter sie zu nennen pflegte, wenn sie mit anderen über sie, Gisela, sprach, alle Hauswirtschaftstätigkeiten können sollte, weil sie mit 18 Jahren heiraten würde. Gisela hatte dazu eine andere Meinung, aber die äußerte sie lieber nicht.

Was die Nadelarbeit betraf, sollte sie u.a. häkeln, stricken, nähen und stopfen können. Zu dieser Zeit war das Kind Gisela gelehrig und die ersten Versuche, mit Nadel und Faden umzugehen, machten ihr Spaß. Stopfen zu erlernen war schwierig, dafür hat sie es nie mehr verlernt.

Und da das Kind, Gisela, die ihm gestellten Aufgaben im Handarbeitsunterricht schnell und zur Zufriedenheit der Lehrerin erledigte, war sie eine von neun Schülerinnen, die sich auf den neuen Webstühlen einen Rock weben durften. Es waren zwei Schals in der Breite von 30 cm zu weben, die dann aneinander genäht wurden. Die Farbe durfte man selbst wählen. Sie war Feuer und Flamme und wusste sofort, der Rock musste türkis sein, an den zwei unteren Rändern wollte sie ein Muster einweben und innerhalb dieser Fläche mit schwarzem Garn hineinsticken. Ihre Großmutter würde ihr dabei helfen, zu Hause die Kettfäden auf den Rahmen zu spannen und ihr erklären, wie sie das mit dem ausgedachten Muster handhaben musste.

Aber es gab da noch eine Vorgabe der Klassenlehrerin. Warum das nicht von der Handarbeitslehrerin kam, weiß sie nicht mehr. Im Rockbund sollte Hutgummikordel eingearbeitet werden. Selbst Gisela hatte ihre Zweifel, ob der Rock damit in der Taille halten würde.

Als das ihre Großmutter hörte, kam die prompte Antwort. „Das hält nicht, da rutscht der Rock, da nähen wir zwei Reihen Hosengummi rein, dann sitzt er gut fest." Insgeheim gab sie ihrer Großmutter recht, und als sie den fertigen Rock endlich anziehen konnte, saß er wirklich so, dass er nicht rutschte.

Stolz auf ihren, wie sie meinte, schönsten Rock, ging sie mit erhobenem Haupt in die Schule.

Die Klassenlehrerin begutachtete die Röcke und sah es sofort.

„Was soll das", fragte die Lehrerin. „Ich habe mich doch klar ausgedrückt."

Gisela antwortete, dass die Großmutter meinte, mit Hutgummikordel würde der Rock ständig rutschen.

Die Lehrerin behauptete, das dass nicht stimme und so könne sie auf gar keinen Fall mit den anderen vor die Schulrektorin treten.

Warum das nicht gehen sollte, begriff Gisela erst mal nicht, ihr schwirrte der Kopf. „Ihr beiden tauscht die Blusen", befahl die Lehrerin.

Gisela trug eine weiße Bluse im Rock. Ihre schöne Bluse, die so gut zu ihrem Rock passte, sollte sie nun mit der hässlichen Bluse der Sitznachbarin tauschen? Deren Bluse hatte am unteren Rand rundherum eine Schlaufe mit einem durchgezogenen Stoffband, so konnte die Bluse über dem Rock getragen werden, und der Bund war nicht mehr zu sehen. Alle in der Klasse starrten sie an. Sollte sie sich vor aller Augen ausziehen?

Gisela stand wie angewurzelt an ihrem Platz und sah die Lehrerin an.

Auch ihre Nachbarin sagte keinen Ton. „Na macht schon, wir haben nicht ewig Zeit!"

Gisela zog langsam ihre Bluse aus. Es kam ihr vor, als stehe die Zeit still, gleichzeitig wollte sie so schnell wie möglich in die fremde Bluse fliegen, damit die Mitschülerinnen sie nicht im Unterhemd sahen.

Sie spürte die abwartenden und neugierigen Blicke, schämte sich sehr und wäre am liebsten im Erdboden verschwunden.

Ihre Freude und der Stolz auf ihr gelungenes Werk waren wie weggeblasen.

Dann standen sie, ohne dass Gisela wusste, wie sie über den Flur und in das Rektorenzimmer gelangt waren, plötzlich vor der Rektorin. Die anderen zerrten an ihren Röcken herum, weil sie rutschten. Großmutter hatte doch recht gehabt.

Als die Rektorin den Rock von Gisela genauer inspizierte und auch noch die Bluse anhob, den Rockbund sah, das eingewebte Muster und die Stickerei sehr schön fand und sie lobte, war Gisela ein wenig ausgesöhnt.
Sie erhob ihr Gesicht, und ihre Augen trafen sich mit denen der Lehrerin. Im selben Moment schaute die Rektorin auf die Klassenlehrerin, und deren wütender Blick verwandelte sich in ein säuerliches Grinsen.
Wieder zu Hause, erzählte sie ihrer Mutter und Großmutter, was morgens im Unterricht vorgefallen war, nicht, was sie dabei empfunden hatte.
Die Oma grinste nur, weil sie wusste, dass sie recht behalten hatte.

In Gisela brodelte es, sie musste sofort etwas tun, sonst würde sie ersticken.

Sie musste dieses innerliche Gefecht mit der Lehrerin austragen und kündigte an, dass sie jetzt sofort mit dem versprochenen Rock für ihre Schwester beginnen wolle.
Bis Ostern war nur noch eine Woche Zeit, aber sie würde es schaffen.

Gisela webte verbissen, Stunde um Stunde. Sie war vom Webrahmen nicht wegzubringen. Indem sie dies tat, kam sie sich nicht mehr so hilflos vor.
Großmutter und Mutter schauten zu, ließen sie aber gewähren.
Wenn ihre Mutter etwas einwenden wollte, hörte sie ihre Großmutter sagen, lass das Kind.
Sie trieb das Schiffchen durch die Kettfäden, und mit jedem Schuss verwandelte sie ihren Trotz in einen inneren Triumph.
Die Schwester konnte ihren Rock stolz an Ostern präsentieren, und Gisela hatte an beiden Armen Sehnenscheidenentzündung, aber das war ihr egal.

Ursula Engel

Karin, das reicht nicht

Auf dem Stundenplan der vierten Klasse der Bürgermeister-Grimm-Schule, einer reinen Mädchenschule, stand „Kunsterziehung".
Weder Karin noch eine ihrer Mitschülerinnen hatten große Lust, daran teilzunehmen, aber Schwänzen galt nicht. Der Kunstlehrer Franz Göller war nicht beliebt. Wenn er in die Klasse stürmte, zogen alle automatisch das Genick ein. Er war groß und schlank, trug, wie in den 60ern üblich, einen dunkelbraunen Anzug, Hemd, Krawatte und Brille, Schuhe mit Gummisohlen und roch zu Beginn des Winters immer nach Omas Mottenkugeln. Sein Gesichtsausdruck war meistens missmutig. Die Schüler hatten immer das Gefühl, er wolle sie piesacken. Sie sahen nie ein Lächeln in seinem Gesicht.

Die in ihr festgefressene Erinnerung an diesen Lehrer war die vermaledeite

Aufgabe, die sie damals schier zur Verzweiflung trieb.

Eine Bildbeschreibung von „Der Sämann" von Vincent van Gogh.

Das ist einfach, dachte Karin zuerst und legte los.

Sie schrieb, was sie sah. In groben Zügen: ein Baum vorne im Bild, ein Bauer, der auf dem Acker Körner verteilt, im Hintergrund die große, gelbe Sonne.

Dann kam der Göller und mit ihm der Satz: ***„Karin, „das reicht nicht."***

Da saß sie nun und schaute, an sich zweifelnd, auf das Bild, versuchte sich darin zu verkriechen, um zu finden, was sie vielleicht übersehen hatte.

Die Sonne war groß und gelb und wie sie empfand, der einzige Lichtblick auf dem Bild. Der Maler hat die Sonne sicher geliebt, vermutete sie,

aber das schrieb sie nicht.

Stattdessen formulierte sie: „Der Baum steht im Vordergrund und zerteilt das Bild." Leider wusste sie nicht, was für ein Baum es war. Im Naturkundeunterricht hätte sie besser aufpassen sollen. Kirschbäume erkannte sie, wenn sie blühten. Aber sie war nicht der Meinung,

dass sie unbedingt Apfelbäume erkennen
müsste, da sie keine Äpfel mochte.

Und all die anderen Bäume gab es nur auf
dem Land, und das war so weit weg.
Wenn dieser van Gogh wüsste, was sie für
eine Arbeit mit seinem Bild hatte,

aber das schrieb sie nicht.
Und während sie so vor sich hin grübelte,
rückte der dunkle Schatten näher –

„Karin, das reicht nicht."
Also schrieb sie groß und breit: „Der
Sämann läuft gebückt über den Acker, hat
eine Kappe auf und verteilt Saat."
Karin war ein Stadtkind und hatte noch
nie einen Bauernhof, Felder und Kühe
gesehen, nur auf Abbildungen in einem
Buch.
Und in Großmutters altem Dr.-Oetkers-
Schul-Kochbuch von 1937 konnte sie ein
Rind und ein Kalb betrachten. Das Rind
war aufgeteilt in Hals, Stich, Brust,
Schulte, Hohe Rippe, Lende, Filet, Hüfte,
Querrippe, Brust, Bauch, Schwanzstück, –
igitt. Sie konnte schon damals den Geruch
von Fleisch nicht aushalten. Mit ihrer
Großmutter musste sie immer in die
Kleinmarkthalle gehen, wo sie die Flomen

für die Schmalzzubereitung und einen gekochten Schweinefuß bekamen, **_aber das schrieb sie nicht._** Sie war schon wieder total am Thema vorbei und er kam näher mit quietschenden Gummisohlen, **_„Karin „das reicht nicht."_** Erneut versuchte sie Worte zu finden. „Der Bauer läuft gebückt über das Feld, hat an seiner Seite einen Sack hängen. Darin hat er die Körner, die er verstreut." Heute weiß sie, dass man den Sack „Seidrock" (Sätuch) nennt. Das hätte sie damals wissen sollen, dann wäre sie vielleicht schon auf Seite drei angekommen, aber so war es nicht und Karin schaute auf den Sämann, grübelte und grübelte.

Sie fand, so gebeugt war er eine traurige Gestalt, die Kappe tief in die Stirn gezogen. Sie konnte sein Gesicht nicht erkennen. Gern hätte sie mit dem Maler geredet und ihm gesagt, dass er auch ein Haus, spielende Kinder und Tiere malen sollte, weil sie das viel besser beschreiben könnte, **_aber das schrieb sie nicht._**

Ihr Oberkörper beugte sich immer weiter über das Bild, so dass sie es mit ihrer Nasenspitze fast berührte. „Nun, der

Baum ist an manchen Stellen verkrüppelt und hat wenig Blätter. Das Feld trifft sich mit der Sonne.“

Der Mottenkugelgeruch kam näher:
„Karin, das reicht nicht. "
Sie hätte ihn erwürgen können.
Violette Erdschollen, die fast bis zum Horizont reichten und Krähen, die nach Samen Ausschau hielten, konnte sie nicht sehen, obwohl sie vielleicht da gewesen wären.

Aber das schrieb sie nicht.
Sie sah nur den Bauer, um ihn herum Feld, gemalt in beige und braun, den knochigen Baum mit wenig Blättern und die schöne Sonne.
Dann wurde ihr übel von diesem näherkommenden Geruch nach Mottenkugeln: **„Karin, das reicht nicht. "**

Christiane Hartmann

Kein alltäglicher Schultag

Als ich zwölf Jahre alt war, hatte ich einen Deutschlehrer, der uns Schüler streng unter Kontrolle hatte: Herrn Meißer. Er war ungefähr 60 Jahre alt, klein, kräftig und hatte eine durchdringende Stimme, deren Lautstärke er bei Bedarf steigerte. Da er ein steifes Bein hatte, das er beim Gehen nachzog, wirkte er etwas plump. Wir hatten alle Angst vor ihm. Das war auch nötig, denn unsere Klasse war sehr unruhig und kaum zu bändigen. Doch mich konnte Herr Meißer ganz gut leiden. Vielleicht, weil Papa sein Kollege war, doch ich war außerdem in Deutsch eine gute Schülerin, und mit einem Augenzwinkern von ihm – oder hatte ich mir das nur eingebildet? – durfte ich mir ein bisschen mehr erlauben als die anderen. Vielleicht fühlte ich mich deshalb zu sicher.

Eines Morgens während des Deutschunterrichts bemerkte ich, dass ich vergessen hatte, meine Hausaufgaben zu machen.

Verflixt, was mach' ich jetzt? Ich könnte mich ja melden und es ihm sagen. Oder ich lasse es lieber; bestimmt nimmt er mich heute gar nicht dran, ich war ja erst letzte Stunde an der Reihe.

„Friederike, deine Hausaufgabe!"

Das geht mir durch und durch! Jetzt ist es zu spät, es zuzugeben. Ich krame in der Schultasche herum, als suchte ich mein Heft.

„Ich habe mein Heft vergessen, Herr Meißer." Das wird wohl nicht so schlimm sein…

Er sieht mich durch seine dicken Brillengläser an. Was geht in ihm vor? Bei mir wird er doch nicht so streng sein!

„Dann geh' es zu Hause holen."

Mir wird ganz heiß. Ich merke, dass ich rot werde.

„Wie lange brauchst du?"

„Ich weiß nicht genau, vielleicht zwanzig Minuten." (Das ist dick aufgetragen, es ginge auch in zehn…)

„Gut, eine halbe Stunde haben wir ja noch. Beeil' dich."

Ich bin entlassen. Raus aus der Klasse. Meine Gedanken wirbeln durcheinander.

Weshalb habe ich das nur gemacht? Papa muss mir helfen! Ich laufe zum Lehrerzimmer, aber Papa ist nicht da, er unterrichtet.

Und jetzt? Ich weiß nicht mehr weiter, laufe aus der Schule, nach Hause. Vielleicht kann ich noch schnell etwas abschreiben. Nein, das geht nicht, das Heft ist doch in der Schultasche! Oder ich gehe einfach nicht zurück und sage später, ich hätte es vor dem Ende der Stunde nicht mehr geschafft. Nein, das wird er mir nicht glauben.

Ungerecht, mit einem Fahrschüler hätte er das nicht machen können!

Warum hat er das getan?

Warum h a b e i c h g e l o g e n ?

Jetzt bin ich zu Hause, klingele Sturm. Mutti ist mitten in der Hausarbeit und macht große Augen, als sie mich sieht. Da kommen mir die Tränen, und schluchzend und abgehackt erzähle ich ihr, was passiert ist. „Am schlimmsten ist, dass ich seine Sympathie verlieren werde!" Mutti sagt nicht viel, warum tröstet sie mich nicht? Keiner hilft mir!

Da ist auf einmal ungerufen ein Gedanke da: Ich gehe zu ihm und gebe es zu.

Ich wasche mein verweintes Gesicht und gehe wie im Traum zurück, ohne zu denken. Der Weg erscheint mir lang, doch die Angst ist weg, alles in mir ist dumpf. Als ich durch das große alte Schultor eintrete, hat die Unterrichtsstunde noch fünf Minuten.

Die Steinstufen hinauf, über den düsteren Flur. Durch die geschlossenen Klassentüren höre ich gedämpft Stimmen von Lehrern und Schülern. Die Schritte hallen. Meine Klassentür. Ich klopfe an und trete ein.

Da sitzt er, das steife Bein vom Pult weggestreckt, der Stock ruht daneben. Sein Kugelbauch wölbt sich unter der grauen Weste. Er sieht mich an. Die ganze Klasse sieht mich an.

„Wo ist das Heft? Ich dachte schon, du drückst dich und kommst erst nach der Stunde zurück!"

Es ist soweit.

„Ich.. ich habe Sie vorhin angelogen. Ich hatte mein Heft nicht vergessen, es ist in der Schultasche. Die Hausaufgaben hab ich nicht gemacht; ich hab sie vergessen. … Bitte – entschuldigen Sie..."

Schweigen. Die Klasse schweigt. Der Lehrer schweigt.

Jetzt kommt es – das Donnerwetter!
Seine Stimme klingt eher sanft.
„Friederike, dass du gelogen hast, war
falsch. Doch du hattest den Mut, es
zuzugeben und dich vor mir und der
ganzen Klasse zu entschuldigen. Das ist
schwer, viele lernen es nie. Du hast
deinen Fehler wieder gutgemacht. Mach
die Hausaufgaben für morgen nach, und
der Fall ist für mich erledigt."
Da klingelt die Schulglocke. Ein kleines
Lächeln – er steht auf und humpelt
hinaus.
Das „Klack-Klack" seines Stocks auf dem
Steinboden klingt mir in den Ohren.

Christiane Hartmann

Religions-Unterricht Klasse 8c

KLASSENRAUM DER 8 C, MORGENS

Im Klassenraum herrscht Unordnung, auf den Bänken liegen Pausenbrote zwischen Heften und Schulbüchern, geöffnete Milchtüten stehen herum. Die Schüler sitzen auf den Tischen, werfen mit Papierkügelchen, laufen herum und unterhalten sich bei hohem Lärmpegel.

Die Schulklingel ertönt. Die Tür geht auf. Der LEHRER kommt – wie immer in gebückter Haltung – herein, den Mantel offen, die Anzugjacke falsch geknöpft, die Aktentasche nur auf einer Seite geschlossen. Die SCHÜLER stören sich nicht an ihm. Der LEHRER geht zum Lehrerpult.

LEHRER:
Rrruhich hierr!

Die Schüler reagieren nicht.

LEHRER:
Setzen! Is ja alles ungehörig, nech.

Ein paar Schüler setzen sich betont
langsam hin, JÜRGEN STREICHER und
HANS-JOSEF SCHNEIDER werfen weiter
mit Papierkügelchen.

LEHRER:
Hört mal, ich trrage auch ein!

HELMUT STREICHER und HANS-JOSEF
SCHNEIDER grinsen und setzen sich.

LEHRER:
Ähää. Haben wir bald genug?
Komm mal hier herr, BOROWSKI,
und berrichte mal, was wir in der
letzten Stunde gelerrnt haben.

WALTER BOROWSKI steht auf und
faselt etwas von
„Aberglauben" und „Wahrsagerei".

LEHRER:
Also, was du da erzählst,
verschdehe ich überhaupt nich,

unsinnich! Hat da gar nix mit zu tun. Na, setz dich ma hin. HANS-JOSEF jetz ma vor. Sag ma die 10 Gebote auf.

HANS-JOSEF SCHNEIDER stottert herum, während draußen ein LKW vorbeifährt.

LEHRER:
Schließet die Fenster!

SCHÜLER (laut, durcheinander):
HERBERT KLUGE: Schlechte Luft!

WALTER BOROWSKI:
Sauerstoffmangel!
ERIKA SACHSE: Kopfschmerzen!

LEHRER:
Rruhich! Ihr nehmt euch gefällichst zusammen. Is ja gar kein Grund, nech, so. – JÜRGEN STREICHER, fahre fort.

JÜRGEN STREICHER druckst herum, schiebt Stifte und Hefte hin und her.

JÜRGEN STREICHER (jetzt betont
eifrig):
Herr LEHRER, ich hab da mal ne
Frage: Ist mit dem Tod alles zu
Ende?

LEHRER:
WAS HAT DAS DAMIT ZU TUN?
Also, was du da erzählst,
verschdehe ich überhaupt nich,
unsinnig! Na, setz dich ma hin. –
Also, die 10 Gebote... FRIEDERIKE!

FRIEDERIKE DAUME (unsicher):
Was du nicht willst, das man dir
tu...

LEHRER:
Ach, is ja alles Unsinn, is ja alles
unsinnich. Hörr mal, FRRRIDERIKE,
ich habe das Gefühl, du nimmst am
Unterricht nich rrichtig teil. Setz
dich ma hin. Nech.

Der Lehrer stellt sich neben
FRIEDERIKE DAUMES Bank und zieht
sie an den Haaren.

FRIEDERIKE DAUME: Aua!

HANS-JOSEF SCHNEIDER meldet sich.

HANS-JOSEF SCHNEIDER
(triumphierend):
Du sollst nicht begehren deines
Nächsten Weib!

Gekicher und Gelächter. HERBERT
KLUGE haut mit der Hand auf seinen
Tisch. Der LEHRER steht auf und
schnappt nach Luft. Er geht auf
HERBERT KLUGE zu und baut sich
knapp vor dessen Tisch auf.

LEHRER (drohend):
Hörr mal, HERRRBERT, ich glaube,
du willst zeigen, dass du auch ein
Flegel bist!

HANS-JOSEF SCHNEIDER:
Herr LEHRER, wie passt denn das
neunte Gebot zur neuesten
„Bravo"?

LEHRER:
Na, in welchem Zusammenhang?
Also, da ändert sich garr nichts.

Das ist ja Unsinn. Horrch mal, du
hältst jetzt den Mund! Setz dich
hin! Na siehste, nech.

HANS-JOSEF SCHNEIDER
(maulend):
Warum unterbrechen Sie mich
denn?

LEHRER:
Ja, bitte? Hörr ma, ich kann dich
hier so lange unterbrechen, habe
da vollkommen freie Hand. –
GOTTFRRRIED BERRGERRR, du
lässt das da in Rruhe und arrbeitest
mit!

GOTTFRIED BERGER blättert hektisch in
seinem Buch.

GOTTFRIED BERGER:
Aber hier im Buch steht, dass
wahre Christen den anderen
Menschen auch mal Fehler
nachsehen sollen.

LEHRER geht zu GOTTFRIED BERGER und
liest in dessen Buch nach.

LEHRER:
Momment, Momment. Ach so, ist ja
eine ganz andere Sache, nech.
Ja nun, sicher. Soll gelten, wenn
das im Buche steht, nech. Wollen
wir gebührend festhalten. Ja, na
schön, nech.

GOTTFRIED BERGER zeigt triumphierend
sein Buch herum. Der Geräuschpegel
steigt wieder, die SCHÜLER werden immer
unruhiger. ERIKA SACHSE steht auf und
geht dicht am LEHRER vorbei zu ihrer
NACHBARIN.

LEHRER:
DIE ERIKA! Hör ma, das ist eine
ganz grobe Ungehörigkeit,
VERSTANDEN! Na hoffentlich.

Der LEHRER geht drohend auf sie zu, lässt
sich aber ablenken.

LEHRER:
HARALD SCHWARZE! Jetzt guckst
du nach vorn, dummer Kerl. Was
blickst du dich denn um, bist wohl
nicht recht gescheit? Dummerrjan.

Der LEHRER greift nach HARALD
SCHWARZES Ohr und dreht es, bis
HARALD SCHWARZE aufjault.

GOTTFRIED BERGER
Darf ich das vorlesen aus dem
Buch, Herr LEHRER?

LEHRER:
GOTTFRRRIED BERRGERRR
verbreitet wieder alles in der
Umgegend, nech. Na, warum nech?
Also, BERRGERRR soll noch seinen
Vers zu Ende sagen.

GOTTFRIED BERGER (liest vor):
*Die Behandlung biblischer
Geschichten endet meist mit der
Frage: „Was lerne ich daraus? Was
bedeutet es in meinem Leben?"*

Die SCHÜLER gähnen. WALTER
BOROWSKI packt sein Brot aus und beißt
hinein.

LEHRER:
Hör ma, BORROWSKIII, du
schreibst das nächste Mal acht
Seiten. Ja, Blödsinn, nech. – Bist

wohl zu dumm. Wirst vielleicht
lieber Ellecktriker, Anlaachen sind ja
da. Muss auch Ellecktriker geben.
Ellecktrickermangel, nech.

GOTTFRIED BERGER:
Kann ich jetzt weiterlesen?

LEHRER:
Naja, na schön. Also mal los.

GOTTFRIED BERGER:
Aber da sind Tabellen im Buch.

LEHRER (gereizt):
Na gut, sin x Tabellen. Die bilden
auch vielfach die Grundlaachen,
nech. – **GOTTFRRIED
BERRGERRR! Hände rrunter
und ruhich!**
(An alle):
Haltet euch gefällichst vernünftich!

Die Schulklingel ertönt.

LEHRER (erleichtert?):
So, jetz simmer wieder am Ende.

Der LEHRER geht schlurfend hinaus. Die SCHÜLER feixen hinter ihm her.

Catherine Kemeny

Emma Peel

Meine Kindheit und Jugend in den
60er/70er Jahren fand weitgehend ohne
Fernsehen statt. Zu meiner Grundschulzeit
ging man nach dem Mittagessen
Hausaufgaben machen und anschließend
nach draußen, um zu sehen, wer noch so
da war und was man mit dem
angebrochenen Nachmittag anfangen
konnte. Wir krochen dann durch
Gebüsche, zwischen denen wir uns
eingerichtet hatten und alles Mögliche
lagerten: Schätze, Steine, Erdklumpen,
Stöcke oder Grasbüschel, womit wir dann
feindliche Lager abwehrten oder auch
angriffen. Auch trieben wir uns
verbotenerweise auf Baustellen herum,
von denen es im Münchner Norden zu
diesem Zeitpunkt viele gab. Dort
bedienten wir uns aus angebrochenen
Zementsäcken und lagerten alles zwischen
den Büschen, man konnte schließlich nie
wissen, wann man solch einen Schatz zum
eigenen Vorteil verwerten konnte. Oder
wir durchsuchten den in einer Bauphase

wasserlosen Kanal nach Brauchbarem wie alten Fahrrädern oder Pfandflaschen. Kurz, die Welt war auch ohne amerikanische Serien erstaunlich aufregend.

Meine Mutter war noch sehr jung, sehr hübsch und allein erziehend. In diesen Zeiten war das keineswegs selbstverständlich und wurde von vielen misstrauisch beäugt und vor allem abwertend behandelt. Da sie noch studierte, war unser Leben stramm auf ihren Stundenplan hin durchorganisiert und ohne unnötigen Ballast. Was Ballast war, definierte meine Mutter und legte damit den Grundstein für meine ausgedehnte Lageristentätigkeit in den Gebüschen rund ums Haus. Ihre hausfraulichen Qualitäten ließen auch aus heutiger Sicht eher zu wünschen übrig, lieber kümmerte sie sich um die wesentlichen und für Studierende relevanten Dinge. Die häuslichen Arbeiten empfand sie mehr als lästig und stürzte sich begeistert auf die Neuerungen, die die Zeit so mitbrachte und die Entlastung der Hausfrau versprachen. Es gab dabei allerdings zwei wichtige Voraussetzungen:

Die Dinge mussten preisgünstig und – das war das Zauberwort – „praktisch" sein.

Und so kam es eines Tages zu uns: das Trägerkleid aus Kunstleder. Für mich. Wo sie es her hatte, weiß ich nicht. Es war von sehr dunklem Blau und roch schlecht. Sie war begeistert, denn es war reißfest und mit einem Lappen abwischbar, wie praktisch! Leider war es auch etwas zu eng und gab kein bisschen nach. Ich musste mich mit erhobenen Armen hinstellen, während meine Mutter das Ding über mich zwängte, so dass ich Atemnot bekam und es schließlich wie eine zweite Haut an mir saß. Sie war entzückt, weil sie das auch noch hübsch fand. Ich hingegen war in meinen Bewegungen eingeschränkt, ich stank und dieses Ding machte bei jedem noch so kleinen Zucken ein raschelndes Geräusch. Ich wurde getröstet, dass ich damit nach draußen gehen und alles machen könne, da es nicht kaputt gehe und ich mir auch keine Sorgen mehr um Flecken machen müsse. Beides hatte mir noch nie Sorgen bereitet. Stattdessen fragte ich mich voller Unruhe, wer mich noch in sein Lager aufnehmen würde, wenn ich wie eine raschelnde Geruchsbelästigung daherkam. Leises Anschleichen konnte man völlig vergessen und mit der eingeschränkten Bewegungsfreiheit war ich auch keine nützliche Unterstützung unserer Verteidigung mehr. Ich fürchtete mich vor dem Spott.

Meiner praktisch denkenden, fortschrittsgläubigen Mutter machte all das natürlich nichts aus. Sie freute sich über die eingesparten Wasch- und Flickzeiten und damit sich das alles auch richtig lohnte, bestand sie darauf, mich am anderen Morgen in diese Hülle zu zwängen. Ich unterlag in der Auseinandersetzung und schlich mich auf Umwegen zur Schule, um nicht gesehen zu werden. Für mich stand fest, dass dieser Tag meinen sicheren Untergang mit sich bringen würde, an Demütigung nicht mehr zu überbieten.

Als ich kurz vor acht schnell durch die Tür zum Klassenzimmer schlüpfen wollte, stand da Bernhard Konrad im Rahmen und wartete auf mich. Mit Bernhard Konrad verband mich eine intensive Liaison, die sich in derben Beschimpfungen und

Prügeleien äußerte, was verdeutlichte, wie sehr wir uns mochten. An anderen Tagen wäre ich glücklich gewesen, zu sehen, dass er auf mich wartete, aber heute war er der Letzte, der Allerletzte, dem ich in diesem Aufzug vor dem Unterricht begegnen wollte. Ich war innerlich in vollem Aufruhr, als er zu mir sagte: „Hallo! Hey – du siehst aus wie Emma Peel im Kampfanzug!" Ich hatte keine Ahnung wovon er sprach, dieser Vergleich sagte mir überhaupt nichts. Aber aufgrund unserer sonst üblichen Art des Umgangs war mir unmittelbar klar, dass mich schon lang niemand derart beleidigt hatte, dass er die üble Situation mit dem engen, stinkenden, raschelnden Kleid schnell erfasst und zu seinem Vorteil genutzt hatte, noch bevor ich über eine passende Erklärung hätte nachdenken können. Dass er mich in meinem Unglück auch noch der Lächerlichkeit preisgab und dass ich kein Wort zurückgeben konnte, weil er vermutlich in allem, was er sagte, auch noch Recht hatte und mein Aufzug ein einziges Desaster war und er im Handumdrehen die gesamte Klasse voll feixender und hämischer Kinder hinter sich haben würde... Das ließ nur eine einzige mir passend erscheinende Antwort zu: einen Faustschlag, in dem sich meine ganze Wut, Scham und Verzweiflung entlud. Ich sehe heute noch sein erstauntes und gekränktes Gesicht, als er zurücktaumelte. Und ich erinnere mich an das Gefühl der Befriedigung, zu wissen und zu zeigen, dass ich zwar aussah wie die letzte Vogelscheuche und auch so roch, aber meine Körperkräfte immer noch zu respektieren waren!

Alle weiteren Auseinandersetzungen um das Tragen des praktischen Kleides verlor meine Mutter. Wohin es verschwand, habe ich nicht mitbekommen, vermutlich verschenkt an eine andere Familie mit einer zu bemitleidenden Tochter. Mit Bernhard Konrad konnte ich nach einer Zeit der Distanz die gewohnten Beziehungsstrukturen wieder aufnehmen. Es herrschte die stillschweigende Übereinkunft, über meinen Auftritt nie mehr zu sprechen.

Wer Emma Peel war, habe ich erst erfahren, als ich schon studierte und erstmals mit einem Fernseher und Fernseherfahrenen die Wohnung teilte.

Bernhard, es tut mir leid!

Margit Peip

Dr. Walter

Denke ich an Dr. Walter, kommt mir sofort Napoleon in den Sinn. Dr. Walter war ein kleiner gedrungener Mann, der ein strenges Regiment führte. Wenn er seinen Aussagen Nachdruck verleihen wollte, schob er mit seinem rechten Arm seinen Bauch von unten nach oben. Diese Geste und der für seine Generation sehr kecke Pony, in der Mitte der Stirn, machten ihn neben dem, was ich nun erzählen werde, unvergessen.

Vor Dr. Walter hatten alle Respekt. Er unterrichtete Deutsch und Erdkunde. Bei Prüfungen in Erdkunde zog er für falsch geschriebene Wörter Punkte ab. Ich hatte in der 9. Klasse der Realschule in einer bayrischen Kleinstadt Anfang der 70er als Teenager Wichtigeres im Kopf. Ich wollte diese Schule mit Mittlerer Reife und diese Stadt so schnell wie möglich hinter mir lassen. Mein damaliges Motto lautete „Mit einem Minimum an Aufwand das Maximum erreichen".

Ich brauchte eine Weile, bis ich sein System durchschaute und in meinem

Sinne nutzen konnte. Er prüfte uns völlig willkürlich, ohne zeitliche und inhaltliche Logik. Er kam in den Unterricht, verteilte leere Bögen Papier und schrieb sieben Fragen an die Tafel. Wir hatten 10 Minuten Zeit, sie zu beantworten. In Bayern hießen diese Tests damals Stegreifaufgaben. Ohne Pardon sammelte er dann unsere Arbeiten ein. Zuverlässig wie die Eisenbahn damals, nach deren Zügen man die eigene Uhr stellen konnte, brachte er dieselben am nächsten Tag korrigiert zurück. Dies alles ging relativ wortlos vonstatten. Seine Idee dahinter verstand ich schnell: Er wollte, dass wir nach jeder Stunde den Stoff nacharbeiteten.

Er stellte so bescheuerte Fragen wie „Nennen Sie die fünf größten deutschen Binnenhäfen, in der Reihenfolge ihrer Umschlagmengen, von viel nach wenig." Und wehe, wir täuschten uns und nannten Hamburg vor Köln oder schrieben Düsburg, dann war der Punkt weg. Ihm reichte es nicht, dass wir die fünf größten deutschen Binnenhäfen wussten. Und dies ärgerte und spornte mich besonders an, sein System herauszufinden. Ich hatte keine Lust auf so eine stumpfsinnige

Plackerei. Nach meiner dritten Fünf fragte er mich die Stunde danach mündlich aus. Ich war natürlich nicht vorbereitet. Für eine weitere Fünf reichte es gerade so. Ich brauchte bis kurz vor Weihnachten, bis ich ihm auf die Schliche kam. Hatte jemand von uns drei schriftliche Fünfen und/oder Sechsen, wurde er direkt in der Stunde danach mündlich ausgefragt. Und da war er wieder wie die Eisenbahn damals – zuverlässig. Hatte ich also drei schriftliche Fünfen bzw. Sechsen, habe ich für die Stunde danach richtig gepaukt und mir den Stoff eingeprügelt. Ich wurde, wie erwartet, ausgefragt und erhielt eine mündliche Eins. Und so kam ich mit angemessenem Aufwand zu einer Vier in Erdkunde und damit war ich zufrieden. In der 10. Klasse hatten wir Dr. Walter dann auch noch in Deutsch, wo er mit dem gleichen System benotete. Da ich wusste, wie er zu seinen Noten kam, konnte ich mich sogar manchmal an seinem Unterricht erfreuen. Seine große Liebe war die Nachkriegsliteratur, allen voran Wolfgang Borchert. Ich werde niemals vergessen, wie dieser kleine, dickliche Mann mit seinen vorwitzigen Pony vor uns „Schischyphusch oder der

Kellner meines Onkels" rezitierte. Es war beeindruckend, wie er sich von einem Moment zum anderen von einem selbstbewussten, kriegsverletzten Onkel in einen kleinen verschüchterten Kellner verwandelte, der mit einem Geburtsfehler gestraft war. Für die, die diese emotional sehr berührende Geschichte nicht kennen: Beiden gemeinsam war ein Sprachfehler, sie konnten kein „S" sprechen und verwandelten dies in ein verwaschenes „SCH". Die Geschichte erzählt, in Borcherts typischer Wortgewalt, deren erstes Zusammentreffen.

Was sich wohl hinter diesem strengen Lehrer verbarg? Er war sicher einer derjenigen, die meine Freude am Lesen geweckt haben. Und er hat auch mein System durchschaut. Bei unserer Abschlussfeier für die Mittlere Reife hat er mich gezielt gesucht und mir folgende Worte fürs Leben mitgegeben. „Mayer, ich hatte schon viele faule Schüler, aber noch nie eine so faule Schülerin wie dich." Das hat mich sehr stolz gemacht.

Claus Schoendorf

Ballamathe

Es war in jenem Sommer Ende der
Sechziger, als die Fische im Aquarium
einen Ausbruchversuch wagten. Genau!
Wir waren sechzehn.
Josef-Bernhard Weiland stellte sich der
Französischlehrerin vor: „Weiland. Großes
W und kleines Eiland." Fortan wurde er
nur noch „Winselchen" gerufen.
Mathelehrer Herz kam und Physiklehrer
Zorn ging in den verdienten Ruhestand
nach „Jardinien", wie er zu sagen pflegte.
Dies inspirierte unseren Klassenlehrer zum
Slogan für das Schuljahr: „Mit Herz und
ohne Zorn!"
Überhaupt spielte Sprache eine immer
wichtigere Rolle für einige von uns. „I felt
in love with words." Schade, dass der
Song damals noch nicht geschrieben war
– und dass er mir nicht eingegeben
wurde.
Michael Bootz schaffte es jedenfalls, das
„qui, quae, quod" bis zum Ablativ ohne
Pause durchzurülpsen. Er versprach für
die zweite Jahreshälfte den Plural als

Zugabe. Das waren zweifellos vielversprechende Lernziele.

All diese splitterartigen Erinnerungen hängen mit einem vergilbten Blatt Papier zusammen, das ich vor ein paar Tagen in einer Kiste auf dem Speicher gefunden habe. Nachdem ich den Staub abgeblasen hatte, setzte ich mich unters Dachbodenfenster. Das milde Herbstlicht fiel auf die Zeilen.
Ich las.
Aus dem Plankton der abgetrudelten Bilder tauchte die Szene vor meinen Augen auf: Hermann Herz in einer seiner ersten Stunden. Ich sehe seine hagere Gestalt, seine große Nase und die wenigen Haare, die er von einem Ohr zum anderen gekämmt hatte und ab und zu mit der Handfläche an die Kopfhaut drückte. Er war ganz offensichtlich eitel, aber auf sympathische Art. Er kam ja vom Mädchengymnasium an unsere Jungenschule und war alles andere als ein knackiger Typ. Wir konnten ihm seine nutzlosen Bemühungen nachsehen. Vor allem aber bewunderten wir ihn als einen Meister des Naserümpfens. Wenn er es für angebracht hielt, rümpfte er seinen

gewaltigen Zinken dermaßen
überzeugend, dass es keiner Worte
bedurfte.

Ritchie Richard Brunner war schon eine
ganze Weile eifrig am Schreiben auf dem
Platz neben mir. Ich fragte mich, welche
Hausaufgaben er da noch schnell
zusammenkritzelte, als ich sah, wie
Hermann Herzens Blick auf ihn fiel, an ihm
hängen blieb, um dann
– gleichsam in Zeitlupe – einem
ausgedehnten Rümpfen des Riechkolbens
Platz zu machen.
Er trat zwei Schritte vor. „Herr Brunner,
würden Sie die Güte haben uns
mitzuteilen, womit Sie sich gerade
beschäftigen!?" Die „Güte" verhieß nichts
Gutes.
Ritchie Richard Brunner wirkte nicht
eigentlich erschrocken, eher gestört in
seinem Schaffen. „Ich glaube nicht, dass
Sie das wirklich wissen wollen!"
„Und ob ich das wissen will!"
„Nun", antwortete Ritchie etwas genervt,
„ich habe gerade eine Ballade verfasst."
„Oha! Es freut mich zu hören, dass der
Mathematikunterricht solche
inspirierenden Auswirkungen auf sie

zeitigt. Daran möchten wir gerne alle teilhaben." Und nach einer kleinen Pause: „Vorlesen! Aber laut und deutlich!"
Ich schielte zu Ritchie und sah den Anflug eines Lächelns um seine Lippen spielen. Langsam stand er auf und las:

„ballade um zehn

sie war mit siebzehn
            schon schön obszön
und lief in den nebel nachts nackt.
die kleider flattern heiter
                        weiter
nur sekret, diskret
        der körper konkret
            konturen zerhackt:
lockt stein und bein

mein muß sie sein

---und ich fliege

wenn ich sie sehe, mir wehe
                ich bin nur amour
und renne hinter dem hintern her.
der mond ferne wohnt
                        throhnt
ganz sir, kein voyeur

      macht kein malheur
          mahnt jedoch sehr:
winkt eil ohne weil

heischt mir mein heil

---und ich fliege

und als wir uns haben, laben
         dreht die tour der troubadour
und im wind schaukeln schief die
chausseen.
der graben, wo wir uns schaben
              gaben
birgt silence, keine chance
    für bettstell-balance:
        ballade um zehn!"

Genau so stand es auf dem knittrigen
Blatt in meinen Händen.

Im Klassenzimmer war es damals
mucksmäuschenstill.
Dann unterbrach ein solitärer Rülpser von
Bootz das Schweigen, der lautes Grölen
und Klatschen zur Folge hatte. Aus dem
Trubel schnappte ich Sätze auf wie: „Viel
humaner als Conrad Ferdinand Meyer mit

seinen zuckenden Füßen" und „make love
not war" und noch größeren pubertären
Schwachsinn, den ich mir sparen will.
Hermann Herz hob Hand und Stimme und
forderte Ruhe. Dann wandte er sich an
Ritchie:

„Und was machst du jetzt mit deinem
Meisterwerk?"

„Nun", antwortete der Dichter gelassen,
„wie immer, ich werde es im Zug für einen
oder zwei Joints verhökern."

Hermann sah ihn eine Weile schweigend
und ausdruckslos an, rümpfte dann in bis
dahin nie gesehener Intensität und Dauer
seinen Zinken, so dass seine rechte
Oberlippe bis zur Augenbraue reichte, ich
schwör's bei allem, was mir heilig ist.
Dann drehte er sich abrupt um und
schrieb seine Formeln weiter an die Tafel,
als habe es niemals diese kleine
Unterbrechung gegeben.

Ich schaute von dem Text in meinen
Händen in den herbstlichen Himmel über
der Dachfensterluke. Für einen kurzen
Moment sah ich die Fische, wie sie über
den Aquariumrand sprangen. Sie glitzerten

vor den Wolken und verschwanden über dem Rahmen des Fensters. Fast gleichzeitig spürte ich ein leichtes Ziehen in der Brust und ein Glucksen in der Kehle. Ich sah zu, dass ich vom Dachboden kam.

Übrigens hat Ritchies Ballade es nicht bis zum Zug geschafft. In der Pause wechselte sie den Besitzer. Für einen dicken Joint, an dem ich auch ziehen durfte.
Ritchie war nicht kleinlich. Nein, das auf keinen Fall.

Ursula Engel

Klassentreffen im Vogelkäfig

Viele, viele Jahre sind seit dem letzten
Klassentreffen vergangen, jetzt ist es
wieder soweit.

Lollo hat den Veranstaltungsort bestimmt.
Sie betreibt eine Hafenkneipe. Von dort
kann sie nicht eben mal für zwei Tage
ausbüxen. Da die meisten ehemaligen
Klassenkameraden und -kameradinnen in
Hamburg geblieben sind, bietet es sich an,
das Treffen bei ihr stattfinden zu lassen.
Es ist sowieso die
Stammkneipe der meisten. Dadurch haben
viele Kontakt zueinander und kennen die
Lebenssituationen der Einzelnen. Nicht alle
haben das bekommen, was sie wollten,
nicht alle Wünsche haben sich erfüllt.
Manche haben all die Jahre Briefkontakt
gehalten, so wie Brigitte, die inzwischen in
Frankfurt am Main lebt, mit Anna Lena.
Sie leidet schon seit Jahren unter der
Untreue ihres Mannes, der sie mit einer

Rosenzüchterin betrügt, sich aber nicht trennen kann. Sie haben zusammen seit 20 Jahren eine Gärtnerei in Hamburg-Bramfeld und bieten ihrer Kundschaft Garten- und Landschaftspflege an. Die Arbeit macht ihr trotz Anstrengung nach wie vor viel Spaß, aber das Verhalten ihres Mannes, der nur Geschäftliches mit ihr bespricht, zermürbt sie. Bramfeld ist ihre Heimat geworden und sie kann sich nicht vorstellen, an einem anderen Ort zu leben. In vielen Briefen hat Brigitte versucht, Anna Lena zu einer Trennung zu animieren, weil sie aus der Korrespondenz lesen kann, wie diese leidet. Aber inzwischen liest Brigitte auch viel Wut zwischen den Zeilen und Anna Lena schreibt, dass sie sich auch vorstellen kann, den Betrieb alleine zu führen. Mit Elke, einer Mitschülerin vor Ort, trifft sie sich manchmal und beide malen sich aus, was wäre, wenn.

Brigitte freut sich schon auf die zwei und ist vor allen Dingen gespannt auf Lollos Kneipe. In ihrer Vorstellung sind Hafenkneipen Spelunken, in die man sich kaum hineinwagt. Wenn sie an den alten Krimi „Stahlnetz" denkt, hat sie vor sich eine verrauchte Atmosphäre, lautes Gläserklirren, schlechte Musik aus der Musikbox, einarmige Banditen und das Krächzen eines Papageis, der irgendwo in der Ecke hängt.

Sie kämpft sich durch das Rotlichtmilieu, wo die Straßen mit dunklen Gestalten bevölkert sind, kommt vorbei an den Fenstern mit den Puppen, die auf Freier warten. Eilig läuft sie durch die mit Rosenduft geschwängerte Luft, bis sie endlich auf die Leuchtschrift mit dem Schriftzug „Vogelkäfig" an einem roten Backsteingebäude aufmerksam wird.

Dort fliegen wahrscheinlich seltene Vögel ein und aus, so ein verrückter Vogel wie Lollo. Brigitte grinst, unterbricht ihre Gedankengänge und öffnet die Eingangstür, an der das Hinweisschild „Geschlossene Gesellschaft" angebracht ist. Schon dringt lautes Gelächter an ihr Ohr. Sie erkennt Lollo sofort wieder. Geschäftig sieht sie sie hinter dem Tresen hin- und herflitzen und etwas Unverständliches Richtung Küchentür schreien. Bevor sie erkennen kann, wer dort steht, fliegt hinter ihr plötzlich die Tür auf, an ihren Füßen schießt eine Katze vorbei. Der folgt ein Papagei, der Brigittes Kopf haarscharf streift.

Das Vieh saust durch den Schankraum, über Tische und Bänke hinweg, fegt Teller und Gläser herunter. Als der Papagei wild kreischt, kriecht die Katze unter die Theke und kauert flach am Boden. Da stürmt auch schon Elke, ohne Brigitte zu erkennen, laut schimpfend an ihr vorbei. Sie will ihren Leo unter dem Tresen hervorziehen, aber er will in Deckung bleiben und faucht sie an.

Onno löst sich von der Küchentür. Lollo missfällt, dass er sich schon wieder dort herumtreibt und schreit ihn gleich an: „Warst du schon wieder in meiner Küche und was willst du mit diesem Fischkadaver in deiner Hand?" „Den bekommt jetzt der Kater", er wirft ihn Leo hin. „Außerdem hast du meinen Tee zu lange ziehen lassen, die friesische Mischung ist so steif, dass ich dir nachher aus dem Teesatz lesen kann", pariert Onno. „Da gibt es nichts mehr zu lesen", antwortet Lollo und zapft weiter Bier.

Ara sitzt inzwischen auf Lollos Schultern und schimpft: „Blöder Leo, blöder Leo". Elke ist fix und fertig, nachdem sie auch noch festgestellt hat, dass sie in ihren Wollsocken, ohne Schuhe, losgesprintet ist. Onno bestellt für Elke einen Schnaps. Sie kippt den Korn, den sie heute dringend braucht, hinunter und fragt Lollo: „Was ist hier eigentlich los, so voll war es schon lange nicht mehr bei dir?" „Sag nicht, du hast unser Klassentreffen vergessen, schau dich mal um", antwortet Lollo pikiert.

„An Brigitte bist du, gerade als du deinem Kater hinterhergeschossen bist, vorbeigerauscht." Elke schüttelt den Kopf, greift nach dem gerade frei werdenden Barhocker und setzt sich. „Bei den vielen Terminen heute, und ich musste auch noch Anna Lena bei einer wichtigen Angelegenheit helfen, habe ich das total verschwitzt. „Mach dir nix draus", mischt sich Onno ein, „trink noch' n Korn. Haste kalte Füße, kannste auch ne Socke von mir haben." Er beginnt in seiner zerbeulten Jackentasche zu wühlen.

„Danke, Onno, ich kann dich ja gut leiden, aber wenn das die ist, in der du immer ein

Stück fette Blutwurst mit dir herumträgst, verzichte ich."

Brigitte ist endlich am Tresen bei Elke und Onno angekommen. „Erkennt ihr mich nicht, ihr beiden"? „Nee, so' ne Dürre war nicht in unserer Klasse", stellt Onno klar. „Ich bin nicht dürr, und außerdem saß ich neben dir, du Dödel." „Nee, da saß 'ne Dicke." „Hört auf", mischt sich Elke ein. „Aber mit dieser gestylten Kurzhaarfrisur, so schlank und schick mit Marlene-Dietrich-Hose, erkenne ich dich jetzt erst auf den zweiten Blick".

„Schau mich mal an, mit Hausklamotten, habe das Klassentreffen doch glatt vergessen. Bin nur durch Zufall hier, weil mein Kater Leo und Ara, mein Papagei, abgehauen sind." „Ja, das habe ich miterlebt, hier ist richtig was los."
Bevor Lollo 'ne Ansage macht, möchte sie von Elke wissen, wie es Anna Lena inzwischen geht. „Heute scheint sie, nach langer Zeit, mal wieder richtig gut gelaunt zu sein", meint sie. „Sie hat auch schon das dritte Pils bestellt, obwohl sie sonst gar kein Bier trinkt." Lollo beugt sich über den Tresen und flüstert Brigitte ins Ohr:

„Dieses Schwein von Mann hat doch schon seit Jahren eine Rosenzüchterin als Geliebte, also, ich hätte den schon längst um die Ecke gebracht.“

Lollo wird abgelenkt und Elke entkommt einer Antwort. Brigitte zieht Elke in eine Nische und fragt, ob Anna Lena es endlich geschafft hat. Elke setzt an, etwas zu sagen, kann aber nur zustimmend nicken, da lauthals die Schiffsglocke ertönt und Lollo verkündet:

„Meine Lieben, Getränke müsst ihr bei mir am Tresen holen. Meine Küchenhilfe ist ausgefallen, so gibt es heute nicht à la carte zu essen, sondern das Lieblingsgericht unserer Kindheit – Blutwurst mit Bratkartoffeln.“ „Blutwurst, Blutwurst, Blutwurst“, schreit Ara und trippelt von einem Fuß auf den anderen.

Jetzt scheint Leben in den bisher stumm am Tresen vor sich hinbrütenden Hannes zu kommen. „Man kann nie à la carte bei dir essen. Gestern gab es auch schon Blutwurst mit Bratkartoffeln“, schimpft er. „Kann ich was dafür, dass da du das gestern gegessen hast?“, feixt Lollo.

„Und auf meinen steifen Grog muss ich jetzt auch schon wieder warten", brummelt Hannes in seinen Bart. „Halt die Klappe, du alter Stinkstiefel, und zahl erst mal deine Zeche, dann kannst du meckern", erwidert Lollo und verschwindet in der Küche.

Hannes zieht das Genick ein, legt die gekreuzten Arme wieder auf den Tresen und brabbelt Unverständliches vor sich hin.

Jan Hansen sitzt an der Theke und kaut auf einer Kippe herum, während er in seinen Taschen herumwühlt, und zieht einen Geldschein aus seiner Hosentasche. „Hast du im Lotto gewonnen?", fragt Christa, die versucht, mit ihm ins Gespräch zu kommen, was aber früher schon schwierig war. „Dann solltest du dir neue Socken kaufen", meint Christa und deutet auf seinen linken großen Zeh, der sich durch die Wollsocke bohrt. Jan kratzte ihn mit dem Absatz der rechten Sandale und lächelt. „Nee, habe nicht im Lotto gewonnen, das ist nur ein Zehner, den hab ich Heinz beim Pokern abgeknöpft.

`Ne Portion Blutwurst, `n Bier und `n Korn, Lollo, aber dalli!“, ruft er und schnipst den Schein auf den Tresen, was sie gar nicht leiden kann. „Du wartest, Alter, noch bist du nicht dran.“ „Jetzt friste ich hier schon seit Jahren mein Leben in dieser Anstalt und werde noch nicht mal bedient, jeden Tag das Gleiche“, schimpft Jan.

Lollo kommt angerauscht und knallt ihm einen Pott Tee vor die Nase. „Der macht hier jeden Tag so `ne Randale, könnt ihr beiden mir den mal vom Hals halten? Ich habe hier alle Hände voll zu tun.“ Das wollen Christa und Angelika eigentlich nicht, aber bevor sie noch etwas erwidern können, ist Lollo schon wieder in der Küche verschwunden. „Hört euch das an, das macht die immer so mit mir und stinken tut der Tee auch noch, den will ich nicht.“ „Das ist doch Rosenduft, den Tee nehme ich dir gleich ab, das ist was für mich“, schwärmt Angelika. „Jetzt klaut die mir den Tee weg, jetzt habe ich gar nichts mehr. Seht mich an, ich bin schon ganz abgemagert. Ich glaube, ich muss mir eine andere Anstalt suchen. Vielleicht gehe ich nach hinten zu den Zicken in der Bastelgruppe."

Auch Elke und Brigitte wollen dorthin. Da sitzt Anna Lena, die eindeutig zu viel trinkt und schon einen Schwips hat. Sie lacht und kichert gerade mit Hildegard, die ihr ansteckendes Lachen von früher nicht verloren hat.

Bei Norbert, früher genannt Nobbi, bleiben sie hängen. Stumm brütet er vor sich hin. „Welche Laus ist dir über die Leber gelaufen?", fragt Elke.

„Ach, heut geht alles schief, mir ist die Blutwurst in der Pfanne geplatzt, dann habe ich meine Wollsocken gesucht und nicht gefunden. Im Wohnzimmer finde ich meine Frau Erika und sehe ihr sprachlos zu, wie sie meine Lieblingssocken aufdröselt.

Sie hat keine Wolle mehr, muss aber dringend Handyschlüpfer stricken, behauptet sie. Und meinen Einwand, wir haben heute Klassentreffen, hat sie abgeschmettert. Es kommen alle aus der Bastelrunde, also kann außer Reden und Trinken auch gestrickt werden. Schaut, da hinten, wo die Weiber die Köpfe zusammenstecken, findet ihr sie.

Lollo kann mir kein Tee machen, weil sie das Teesieb nicht findet, das hat wahrscheinlich der Papagei geklaut oder Christiane hat es. Die ist doch Veggie, will es aber nicht zugeben. Ich habe gesehen, wie sie die Blutwursthäppchen heimlich unter dem Tisch in ein Teesieb verschwinden lässt." „Christiane war zu Schulzeit auch schon so schmal, ein Pausenbrot hatte sie nie dabei, aber zu trinken", erinnert sich Brigitte. „Sie hatte dünne Klamotten an, auch im Winter, und hat immer gefroren." Elke schüttelt den Kopf. „Na, das ist ja kein Wunder", meint Nobbi, „so rappeldürr, wie sie ist. Meine Erika erzählt, dass sie nur im Sommer zur Bastelgruppe kommt und dicke Wollsocken auf Vorrat strickt. Im Winter geht sie nicht aus ihrer Bude. Jetzt will ich nur noch ein Käsebrot, aber das scheint es ja auch nicht zu geben."

Elke hat ein Herz für ihn. „Ich flitze mal eben um die Ecke und hol dir von mir zu Hause ein Käsebrot, dann kann ich gleich noch was erledigen. Trink inzwischen `n Korn." Nobbi strahlt Elke an. „Machen wir, aber beeil dich, sonst bin ich gleich benebelt von soviel Schnaps, komme dann kaum hoch, und mit meiner Bandscheibe sowieso nicht."

Onno ist inzwischen mit einem Tablett voller Korn zu den Mädels der Bastelrunde durchgedrungen.
„Auf, Mädels", ruft er, „die Bastelstunde kann beginnen!"

Brigitte hat endlich, ohne weiteren Aufenthalt, die Bastelgruppe erreicht, setzt sich neben Anna Lena, umarmt sie und flüstert ihr ins Ohr, dass es besser wäre, nicht so viel zu trinken. „So viel habe ich doch noch gar nicht getrunken, und es ist gerade so gesellig", erwidert Anna Lena und erhebt ihr Bierglas.

Da gehen die Schwingtüren auf und es stehen zwei Polizisten im Raum.

„Geschlossene Gesellschaft!", ruft Lollo. Nachdem sie keine Anstalten machen zu gehen, wird sie unwirsch und fragt: „Was liegt an?"

Allmählich wenden sich alle diesen Störenfrieden zu und es wird mucksmäuschenstill.

„Wir suchen Anna Lena Weber."

Alle schauen zu Anna Lena. „Was ist los?",
fragt Anna Lena und kichert vor sich hin.

„Ihr Mann wurde tot aufgefunden."

„Na denn prost", antwortet sie und grinst.

Schulen sind Produktionsstätten der
Menschlichkeit, sofern sie bewirken, dass
aus Menschen wirklich Menschen werden.

Johann Amos Comenius (1592-1670),
tschechischer Theologe und Pädagoge

AutorInnen

Ursula Engel, *1949 in Frankfurt/Main. Versicherungskauffrau/Chefsekretärin. Kundalini-Massageausbildung (Ayurveda), Auraberaterin, Zahlenmystik/Esoterische Numerologie. Seit 30 Jahren Tanz und Tanztheater. „Bücher sind beständig und im Schreiben bin ich."

Christiane Hartmann, *1952 in Marburg/Lahn. Sie ist verheiratet, hat zwei erwachsene Kinder und drei Enkelkinder und lebt in Frankenberg/Eder. Studium Neuere deutsche Literatur und Medienwissenschaften, Psychologie, Pädagogik. Mehrere Veröffentlichungen, teils in Anthologien. Mitglied im Verband deutscher Schriftsteller, im Biographiezentrum und im Verband der freien Lektorinnen und Lektoren. Arbeitet seit August 2007 in ihrer Firma KLARTEXT SAGE UND SCHREIBE als freiberufliche Biografin, Autorin und Lektorin. Näheres unter www.biografie-klartext.de.

Catherine Kemeny, *1959 in Paris. Diplom-Psychologin. Lebt mit ihrer Familie in Marburg/Lahn und arbeitet als Psychotherapeutin.
Gesellschafterin der Inselhaus Kinder- und Jugendhilfe gGmbh, Wolfratshausen. Lesungen im Rahmen der Schreibwerkstatt e.V.
catherine.kemeny@freenet.de

Margit Peip, *1950. In den unendlichen Fluren und Räumen meines Gehirns lagern viele Erinnerungen und Bilder. Manche melden sich lautstark oder bildreich und wollen in die Welt kommen.

Claus Schoendorf, *1952. Schreibt seit seiner Kindheit. „Meine erste kurze Geschichte hieß „Das Bügeleisen". Sie handelt davon, wie ich als Achtjähriger beim Kauf eines Bügeleisens für meine Mutter vom Verkäufer beschissen wurde. Wahrscheinlich werde ich schreiben, bis ich dieses himmelschreiende Unrecht „ausgebügelt" habe.

Elke Therre-Staal, *1943. Promovierte Psychiaterin und Psychotherapeutin. Preisträgerin 2003 der Axel-Andersson-Akademie.
Veröffentlichungen von Kurzgeschichten und Gedichten in Anthologien.
Lyrikband: „...ein elternloser Raum". 2008, Verlag Schroeder, Wetter
ISBN 978-3-00-023662-4.
„Der Widerspenstigen Zähmung", das Frauenbild bei den Brüdern Grimm.
Drei Essays. 2012, Verlag Blaues Schloss
ISBN 978-3-943556-15-5.
Geschehenes und Gedachtes.
Band 1: „Hannah Arendt trifft Walter Benjamin auf der Flucht". 2013, Verlag Blaues Schloss, ISBN 978-3-943556-22-3.
Band 2: „Hannah Arendt und Martin Heidegger 1950". 2013, Verlag Blaues Schloss, ISBN 978-3-943556-23-0.
etherrestaal@yahoo.de

Inhalt